AF312049

LETTRE

A MONSIEUR B****

SUR LA TRAGEDIE

DE SEMIRAMIS,

Piéce Nouvelle de M. De Voltaire, représentée pour la premiere fois sur le Théâtre Français le 29 Août 1748.

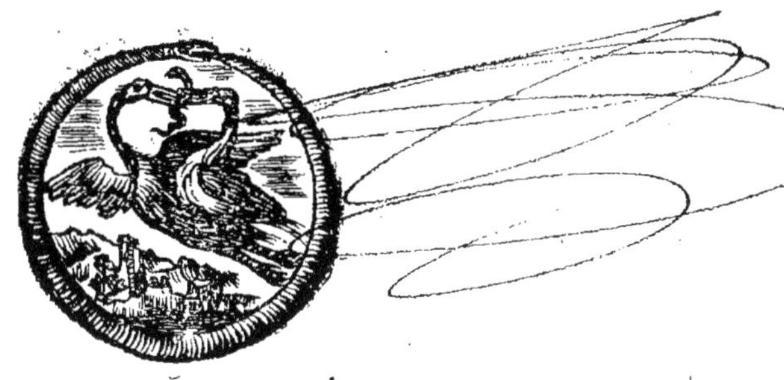

A PARIS,

Chez Sebastien Jorry, Imprimeur-Libraire, Quai des Augustins, près le Pont S. Michel, aux Cigognes.

<hr>

M. DCC. XLVIII.

Avec Approbation & Permission.

LECTURES

[illegible]

[illegible]

LETTRE

A MONSIEUR B****

Sur la Tragédie de Semiramis, Piéce nouvelle de M. de Voltaire.

MONSIEUR,

A VANT de vous parler de la Tragédie de Semiramis, il faut vous dire un mot des Décorations qui ont été faites pour cette Piéce. D'un côté on voit un Temple, & tout vis-à-vis le Tombeau de Ninus. Au fond s'éleve un Palais dont l'Architecture n'a rien de noble; ce qui devoit être en grand est en petit, enfin ce Palais ne répond point à l'idée qu'on a de celui de Semiramis cette Reïne si magnifique: une Colonade sépare l'Edifice d'avec le Temple; sur le Mausolée qui est à l'opposite on voit des caractères Grecs, ce Mausolée est encore orné de quelques Figures simboliques; on y monte ainsi qu'au Temple par des degrés. Voilà à peu près cette décoration dont on a fait tant de bruit. Il y a toute apparence que la Scène se passe dans une Place.

Selon moi, le sujet de cette Tragédie est Ninus vengé. Les deux premiers Actes n'ont presque d'autre fond que les craintes de Semiramis fondées sur les cris qu'elle a crû entendre au Tombeau de son mari, & sur l'apparition de Ninus à cette Reine : ce n'est gueres qu'au 3ᵉ Acte que la Piéce commence. Semiramis veut donner un Maître à Babylone, elle nomme Arsace ; ce choix n'est point approuvé par les Dieux, voilà des obstacles, par conséquent de l'intrigue, avec tout cela peu d'interêt, c'est que tout dans cette Tragédie se devine trop facilement, il est impossible qu'on ressente un grand plaisir en voyant arriver ce qu'on a prévû avec si peu de peine : rien n'est nouveau pour le Spectateur ; entrons dans un plus grand détail.

La Piéce ouvre par le Fils de Ninus & de Semiramis, suivi de son Confident, il ne se croit qu'Arsace, & c'est sous ce nom qu'il parle ; par tout ce qui est dit de ce Prince dans cette premiere Scène, le Spectateur prend de lui l'idée d'un Guerrier assez heureux, Arsace aime Azema, cette Azema est du Sang de Belus, & a des droits au Thrône, le plaisir de la revoir est, à le bien prendre, tout ce qui ramene Arsace à

Babylone, Semiramis lui est dépeinte par son Confident avec toutes les horreurs dont cette Reine est assiégée, la crainte, la tristesse, le désespoir sont les traits qui composent cette peinture, elle n'a pourtant rien de bien touchant, & ce que dit Mithrane dans Semiramis est bien au-dessous de ce que dit *Ænone* dans *Phédre*.

» La Reine touche presque à son terme fatal, &c.

Arsace a apportée avec lui un coffre qu'il doit remettre entre les mains du Grand-Prêtre par ordre d'Euphradate qu'il regardoit comme son pere, il demande à Mithrane, comment il pourra voir le Grand-Prêtre, cette question étoit pour ce confident une occasion de faire le portrait du Grand-Prêtre, aussi Mithrane ne l'échappe-t-il pas, il nous le représente comme un homme ami d'une vie retirée, peu Courtisan, attaché seulement au culte de ses Dieux: Mithrane a quelques accès auprès de lui, en conséquence il le va trouver, le Grand-Prêtre vient; il fait à Arsace un accüeil qui m'a fait croire que ce Grand Prêtre étoit depuis long-tems instruit de la destinée d'Arsace, ce Grand-Prêtre que M. de Voltaire appelle Oroës, est la Cheville ouvriere de la Piéce, il paroît tout sçavoir, mais il se garde bien de dire tout d'un coup tout ce qu'il sçait, il est homme de pré-

A iij

caution, on diroit toutes les fois qu'il parle,
qu'il fçait qu'une Tragédie doit avoir cinq Actes; ce coffre qu'avoit apporté Arface est visité
par le Grand-Prêtre, il l'ouvre, on voit au-de-
dans une épée, c'est celle de Ninus, une couronne, un cachet & une lettre, cette lettre ne
fera pas inutile dans la suite, comme vous le
verrez, le Grand-Prêtre plein d'une admiration
respectueuse à la vuë de ces gages précieux
qui lui sont confiés, les fait emporter par ses
Mages, avec ordre de les cacher sous l'Autel.
Après quelque chose que dit là-dessus Oroës à
Arface, il le quitte. Arface resté seul fait des
réfléxions sur sa destinée, il entend des cris au
tombeau de Ninus, son confident reparoît, &
après lui Assur espece de Ministre qui gouver-
noit Babilone sous Semiramis; je n'ai pas bien
démêlé ce qui amenoit ce Prince sur la Scène,
ce n'est certainement pas Arface, car il paroît
fort étonné de le voir, & même il lui demande
pourquoi il ose paroître dans Babilone sans son
ordre, Arface lui répond que Semiramis l'a
mandé, ensuite il est question d'Azema entre
ces deux Princes, Assur ne veut pas qu'Arface
prétende à cette Princesse, aparamment qu'il
fçait qu'Arface est bien auprès de Semiramis,
car il défend à ce Prince de parler à la Reine

de l'amour qu'il a pour Azema ; l'orgueil d'Affur
loin d'intimider Arface l'enhardit : » vous m'en-
hardiffez , lui dit-il ,

» C'eft l'effet que fur moi fit toujours la menace :

La querelle alloit peut-être devenir ferieufe
entre ces deux Princes , mais Semiramis qui va
paroître , & qui veut être feule , les oblige de fe
feparer, elle vient , & après quelques mots ,
elle fe tourne du côté de la tombe de Ninus ;
elle raconte à fon Confident, qu'elle a vû fon
Epoux : ce Confident lui demande fi elle en eft
bien sûre , Semiramis dit , qu'il n'y a rien de fi
vrai , il arrive à Semiramis ce qui étoit arrivé
un peu auparavant à Arface , elle entend des
cris qui redoublent fes terreurs ; j'ai cru entre-
voir partout ce qui eft dit à ce fujet , que M.
de Voltaire vouloit intimider fon Spectateur ,
afin de s'affurer de l'effet du Spectre qui paroît
dans le troifiéme Acte , & dont je vous entre-
tiendrai tout à l'heure.

Le fecond Acte ouvre par Azema & par Arface, Azema ne fe contraint pas beaucoup dans
l'amour qu'elle a pour ce jeune Prince , elle le
trouve fi aimable , qu'elle rougiroit de ne pas
l'aimer, ce font fes termes : Cette Scène m'a
paru d'un tems bien reculé , ou plutôt elle ne
m'a paru , ni d'aucun pays , ni d'aucun tems , à

8

proprement parler, Arſace & Azema n'ont point
de caractére , Arſace ne paroît quelque choſe
que lorſqu'il ſe trouve avec Aſſur , il y a entre
Arſace & lui une ſeconde Scène , où régne beaucoup d'aigreur, ſurtout de la part d'Aſſur : Cet
Aſſur après qu'Arſace eſt ſorti, tient à Azema
le langage d'un vrai Tyran , Azema lui répond
avec fierté , en ſorte qu'Aſſur n'a pas lieu d'être
fort content , effectivement il ne l'eſt point, &
déja il menace Arſace , Semiramis paroît là-
deſſus après s'être fait annoncer : On voit qu'elle
connoît parfaitement bien Aſſur , elle lui parle
d'un Oracle venu de loin , & ſur lequel Semiramis a dit quelque choſe dont je ne ſçai pas trop
la valeur , cela regarde le Dieu étranger qu'elle
aime mieux conſulter que le Dieu de ſon Pays ,
la réponſe de Jupiter Ammon roule , ſi je ne
me trompe , ſur la néceſſité de donner un Maître à Babilone , Semiramis s'y diſpoſe , elle en
inſtruit Aſſur ; cet Aſſur eſt du ſang des Rois
d'Aſſyrie , il a aidé Semiramis à ſe défaire de ſon
mari , mais il ne peut ſouffrir qu'on ſonge encore, ſi Ninus a exiſté.

» Je vous avouërai, *dit-il à Semiramis ,* que
» je ſuis indigné, qu'on ſe ſouvienne encore que
» Ninus a régné :« Puiſque je ſuis à vous parler
d'Aſſur, je vous dirai naturellement, que c'eſt
un Perſonnage qui ne ſert à rien dans la Piéce,

si ce n'est à faire périr Sémiramis, ce Prince a de l'ambition, mais il n'a point de systême dans la tête pour parvenir au Trône où il voudroit monter, on ne lui remarque que de la violence, point de dessein suivi, il craint Semiramis, il n'aime point Arsace, il paroît n'aimer guéres davantage Azema, bref il fait bien du bruit, mais il se contente de menacer, au lieu d'agir, avec tout cela, c'est l'esprit fort de toute la Piéce.

Semiramis après avoir fini le second Acte ouvre le troisiéme. Elle paroît suivie de son confident, c'est alors qu'elle déclare qu'elle va faire le choix d'un époux ; M. de Voltaire vouloit qu'on prévît tout dans sa Piéce, car il a soin de faire dire à Semiramis que le choix qu'elle va faire regarde Arsace, son Confident veut la détourner d'un pareil choix, il lui représente qu'Assur est puissant, & que le peuple s'est déclaré pour lui, tout cela n'empêche point Semiramis de songer toujours à Arsace, tantôt elle en parle comme une mere, tantôt comme une amante ; ensuite comme une personne qui n'est ni l'une ni l'autre : cette Scène ma paru bien singuliere, on est même tenté de croire qu'il y a un peu de galimathias.

Semiramis fait avertir le Grand-Prêtre, il

aborde fa Reine avec beaucoup de refpect, on
le croioit bien intentionné pour elle, Semiramis lui parle des difpofitions où elle eft de
donner un Maître à Babilone, Oroës fouhaite
feulement que Semiramis foit heureufe, c'eft
affez pour qu'elle craigne de ne pas l'être,
elle preffe Oroës de s'expliquer, mais le Grand-
Prêtre ne parle qu'à demi, il veut fortir, Semiramis le rappelle, cette Scène fait penfer à une
des plus brillantes de Racine dans *Athalie*, c'eft
la feptiéme du fecond Acte : Semiramis cependant juge à propos de fe raffurer , le Grand-
Prêtre va avertir les Mages pour revenir bientôt avec eux ; pendant cet intervalle Arface
vient trouver Semiramis qui le raffure ainfi
qu'Azema par qui il eft fuivi. Arface craint
beaucoup Affur, & il ne voudroit pas qu'il re-
gnât, il a prefque recours aux larmes pour ob-
tenir ce qu'il demande ; je trouve cette Scène
un peu enfantine ; enfin Affur , le Grand-Prêtre
& les Princes de l'Empire paroiffent, Semiramis
fe met fur fon thrône , & après un long difcours
où il y a quelques beaux vers , elle nomme Arface pour l'époux qu'elle veut fe donner , auparavant chacun jure de refpecter le choix de la
Reine , » je jure, dit Affur, ici l'on fe fouvient du
Juro du Malade Imaginaire , à peine Semiramis

a parlé, que le Grand-Prêtre., Azema , Arſace.
Aſſur frémiſſent de ce qu'ils viennent d'entendre , mais tous par une raiſon différente , la
Reine ſe leve , oh c'eſt alors que le Tonnerre
gronde au milieu des éclairs, l'ombre de Ninus apparoît, on ne craint pas beaucoup pour
Semiramis, car elle eſt environnée d'une foule
de monde qui ne manqueroient pas de la raſ-
ſurer, ſi elle avoit peur , cependant elle paroît
effrayée, enfin l'ombre de Ninus après s'être
fait tirer l'oreille longtems , adreſſe la parole à
Arſace , voici ce qu'il lui dit :

     » Tu dois regner Arſace,
 » Mais avant que dans toi j'adopte un héritier,
 » Dans ma tombe à ma cendre il faut ſacrifier.

Semiramis moins épouvantée , fait mine d'aller du côté du tombeau de Ninus , ... Arrête,
lui crie Ninus qui recule comme épouvanté à
ſon tour,

    » Arrête & reſpecte ma cendre ,
 » Et quand il ſera tems je t'y ferai deſcendre.

Après cela il diſparoît , il ſe garde bien de
dire que Ninias eſt Arſace , & qu'il eſt ſon fils,
car la Piéce alors finiſſoit, & il y a encore deux
Actes à remplir.

Au quatriéme Acte on voit Arſace que j'ap-
pellerai bientôt Ninias paroître avec Azema :

cette Scène m'a paru bien outrée, surtout de la part d'Azema, elle dit ces vers remarquables, & qui ont fait rire tout le Parterre :

>> Tous les Morts en ce jour
>> Pour nous persécuter viennent en ce séjour,

Enfin elle se retire pour faire place au Grand-Prêtre. Oroës fait apporter par ses Mages une Couronne & une Epée, Arsace prend l'une & l'autre sans beaucoup de façons ; Oroës dit ensuite à ce Prince que c'est à lui de venger Ninus, Arsace ne conçoit pas trop bien cela, mais Oroës sçait la maniere de le convaincre, il lui apprend qu'il est Ninias, Arsace est for étonné, Oroës l'oblige à vanger Ninus. Cette Scène a du rapport avec celle d'*Omar & de Seide* dans *Mahomet* ; il y a aussi de la part du Grand-Prêtre un peu de bavardage ; d'ailleurs M. de Voltaire a voulu embellir des choses (*a*) qu'il devoit négliger.

Cette reconnoissance est suivie d'une autre, c'est celle de Semiramis & de Ninias facilitée par une lettre que le Grand-Prêtre a laissé entre les mains d'Arsace, cette Scène est la plus belle de toutes, c'est dommage qu'elle soit prévuë ; Ninias brûle de venger Ninus, mais il aime sa mere, & il veut qu'Assur seul ressente

(*a*) Les végétaux.

fa vangeance , le caractére de Semiramis n'eft pas fort intéreffant, c'eft une Reine toujours effrayée, & qui fent que le repentir lui eft néceffaire, à chaque inftant elle fait des actes de contrition, elle eft fans fermeté, fans courage, en un mot c'eft un très-petit caractere.

Au cinquiéme Acte , Semiramis vient preffée par fes remords, elle veut aller au tombeau de Ninus pour appaifer fon ombre, elle ne communique point ce deffein à Azema, qui vient lui faire un long récit de toutes les impiétés d'Affur, & des attentats qu'il médite contre Arface, Semiramis quitte Azema, c'eft alors que Ninias paroît, on ne fçait comment Azema devine, que celui qu'elle a toujours cru Arface, eft Ninias ; Azema après s'être laiffé aller à la joye, dit à Ninias, qu'Affur eft au tombeau prêt à profaner la cendre de fon pere ; cela détermine Ninias à y monter, il quitte Azema & fe fait conduire par un Mage à la tombe de Ninus, il en defcend teint de fang ; Azema en eft toute troublée, Ninias lui raconte ce qu'il a fait, tout le monde fe doute du *Quiproquo* ; le Prince a entendu quelque chofe près de la tombe de fon pere, il a frappé ce qu'il entendoit, & il eft convaincu que c'eft Affur qu'il a immolé, le Spectateur eft mieux inftruit que lui, car il n'y a perfonne qui ne fente que

les coups de Ninias sont tombés sur Semiramis ;
en effet Assur descend de l'endroit où est le tombeau, comme un furieux , il saute les degrés
quatre à quatre ; & veut prendre Ninias à la
gorge, Ninias se défend, en ordonnant à ceux
de sa suite de faire périr cet homme violent, sans
projets dans son ambition , il est sans ressource
dans le danger , soit qu'il sçache qu'il faut qu'il
périsse , soit qu'il se dégoûte de la vie, il souscrit
à l'arrêt que Ninias a prononcé contre lui ; » Je
» consens, lui dit-il, à mourir , mais ma consola-
» tion en mourant, est de songer que je te laisse
» plus malheureux que moi, regarde, continuë-
» t-il , & vois qui tu as frappé. » Ninias tourne
les yeux du côté du tombeau de son pere, il ap-
perçoit sa mere toute sanglante, elle descend les
dégrés qui conduisent à la tombe de Ninus, la
rampe lui sert d'appui avec un Mage qui la sou-
tient, enfin elle parle à son fils , & lui dit des
choses assez touchantes ; il n'est guères aisé de
concevoir comment Ninias n'a pas reconnu sa
mere, il l'a traînée par les cheveux autour du
tombeau, Semiramis appelloit Ninias , mais Ninias n'a point distingué la voix de cette Reine :
au désespoir du coup qu'il a fait, il veut se poi-
gnarder, on l'arrête, Semiramis meurt, & selon
toutes les apparences Assur avec elle : ainsi finit

la Tragédie: voici quelques maximes que j'ai retenuës, que je joins à ma lettre.

» La crainte suit le crime, & c'est son châtiment;
» Croyez-moi, les remords à vos yeux méprisables,
» Sont la seule vertu qui reste à des coupables;
» Repare-t'on le crime, hélas! par des présens?

Toutes ces maximes sont dans la bouche de Semiramis.

» C'est par la fermeté qu'on rend les Dieux faciles.

Cette derniere est dans celle d'Assur, elle m'a parue la meilleure, elle est hardie, & d'ailleurs elle a un grand sens.

Je ne vous dirai point si cette Tragédie ira loin, mais elle a pour elle, & le nom de M. de Voltaire, & les talents de Mlle Dumesnil : Cette Actrice a déclamé son rôle en femme qui a l'imagination frappée d'un Spectre qu'elle a cru voir; il étoit difficile de rendre bien les craintes de Semiramis, la terreur de cette Reine n'est point une terreur ordinaire, Mlle Dumesnil l'a bien compris, aussi s'est-elle fait un ton à part qui m'a paru admirable.

J'ai l'honneur d'être très-parfaitement, avec un profond respect,

MONSIEUR,

Votre très-humble & très-obéissant
Serviteur, M****.

FIN.

Lû & approuvé, ce 5. Octobre 1748. CRÉBILLON.

Vû l'Approbation, permis d'imprimer à la charge d'en-registrement à la Chambre Syndicale, ce 9. Octobre 1748.

BERRYER.

Régiſtré ſur le Livre de la Communauté des Libraires & Imprimeurs de Paris, N°. 3290, conformément aux Réglemens, & notamment à l'Arrêt du Conſeil du 10 Juillet 1745. A Paris, le 15. Octobre 1748. Signé, G. CAVELIER, Syndic.

9 782019 946418